Hommage aux Héros
de la Défense Nationale

PAR

Emile CORRA

PRIX : 0 fr. 50

PARIS

REVUE POSITIVISTE INTERNATIONALE

Rue de Seine, 54

—

1916

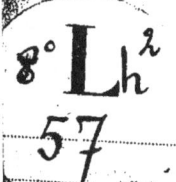

Hommage aux Héros
de la Défense Nationale

PAR

Emile CORRA

—▸◂—

PRIX : 0 fr. 50

—▸◂—

PARIS
REVUE POSITIVISTE INTERNATIONALE
Rue de Seine, 54

—

1916

Hommage aux Héros
de la Défense Nationale[1]

Pour la quatrième fois, depuis un siècle et quart, la France est attaquée, envahie, menacée dans sa constitution, dans son indépendance, et jusque dans son existence.

Au retour de notre commémoration annuelle de tous les serviteurs anonymes de la Patrie et de l'Humanité, notre pensée s'attache donc naturellement, d'une manière irrésistible, à tous ceux qui sont morts, et meurent encore, tous les jours, pour la sauvegarde nationale.

Sous l'empire de cet état d'âme, je consacrerai cette fête positiviste des morts à rappeler les services de l'innombrable multitude de ces héros obscurs, quoique impérissables. Une telle commémoration est, d'ailleurs, la plus forte leçon de patriotisme que nous puissions méditer, à l'heure actuelle.

I

C'est au lendemain de la Révolution de 1789 que la France dût, pour la première fois, à moins de dispa-

(1) Discours prononcé, au siège de la Société positiviste, à la fête générale des morts, célébrée le 26 décembre 1915.

raître, rassembler toutes ses énergies pour « bouter
hors », comme disait Jeanne d'Arc, l'ennemi que des
Français aveuglés et un gouvernement criminel avaient
attiré sur son territoire.

En effet, aussitôt après la prise de la Bastille, les
princes et les nobles émigrés, réfugiés à Trèves à
Mayence, à Coblentz, mettant la monarchie absolue au
dessus de leur patrie, suscitèrent à celle-ci des inimi-
tiés multiples et s'armèrent eux-mêmes contre elle.

Que les temps sont changés! Personne, aujourd'hui,
n'oserait concevoir la pensée d'un crime aussi mons-
trueux.

En face de l'ennemi, les partis se confondent dans
l'amour national auquel toutes les divergences d'opi-
nions sont subordonnées.

Les attaques haineuses de la noblesse Française contre la Révolution furent accueillies à l'étranger par des
oreilles d'autant plus complaisantes que tous les rois
inquiets sentaient leurs trônes trembler sous eux. De
plus, l'empereur d'Autriche était le père de Marie-
Antoinette ; les rois d'Espagne et de Naples étaient des
cousins de Louis XVI ; plusieurs princes allemands
revendiquaient, en France, des droits féodaux que la
Constituante avait abolis ; enfin Louis XVI et Marie-
Antoinette faisaient appel à l'épée des autres monar-
ques, pour restaurer leur pouvoir.

Le premier résultat de cette conjuration polymorphe
fut, en août 1791, la déclaration de Pilnitz où l'empereur d'Autriche et le roi de Prusse proclamaient :
« qu'ils considéraient la situation du roi de France
comme un objet d'un intérêt commun à tous les sou-
verains de l'Europe », qu'ils ne refuseraient pas de
mettre ce roi en état d'affermir les bases d'un gouvernement monarchique, et qu'ils étaient « décidés à agir

promptement et d'un mutuel accord, avec les forces nécessaires, pour obtenir le but proposé et commun ».

Cette déclaration comminatoire ayant produit l'effet d'une clameur dans le désert, les rois et les émigrés se préparèrent à la guerre que rendirent inévitable les exigences formulées par l'Autriche, en avril 1792, notamment la demande que la France prit des mesures « telles que le gouvernement eût une force suffisante pour réprimer ce qui pouvait inquiéter les autres Etats ».

En présence de ces dispositions hostiles, la France se trouvait dans une situation des plus tragiques. Elle n'avait aucun allié. Ses troupes, désorganisées par la désertion des officiers, par le rapt des caisses régimentaires et par les trahisons, se repliaient en désordre devant l'invasion. Les armées autrichienne et prussienne étaient les plus aguerries de l'Europe. Et, par surcroît, la dissension sévissait dans notre pays.

Néanmoins, l'Assemblée Législative n'hésita pas à déclarer la guerre à l'Autriche et la patrie en danger.

Alors, un enthousiasme belliqueux, comparable à celui des Grecs avant la bataille de Salamine, s'empara de la nation.

Les hommes de tous âges affluèrent aux bureaux d'enrôlements érigés sur les places publiques. Les volontaires se présentèrent par centaines de mille, et, aussitôt armés, aussitôt équipés, ils furent dirigés vers la frontière. Les métiers et le commerce furent spontanément délaissés, comme si l'on ne devait plus vivre que pour la guerre. Les églises furent transformées en ateliers féminins pour la confection des effets militaires. On exhuma les cercueils pour récolter le plomb et le transformer en balles.

« De toutes parts, dit Gouvion Saint-Cyr, on courut aux armes ; tout ce qui était en état de supporter la fatigue se porta dans les camps. Chacun abandonna ses études, sa profession. Le patriotisme suppléait à tout. »

Toute cette exaltation d'un peuple fanatisé par le patriotisme, trouva son expression synthétique dans le chant épique de la *Marseillaise*, que traduisit plus tard, en sculpture, le vivant chef-d'œuvre de Rude.

La fièvre patriotique fut, au surplus, portée au paroxysme par les dispositions révolutionnaires que stimulèrent très imprudemment, dans ces conjonctures : d'une part, les vétos opposés par Louis XVI aux mesures contre les émigrés, à la formation du camp retranché de Paris, aux décisions du ministère girondin ; de l'autre, la conduite équivoque de la reine.

Le soupçon que Louis XVI et Marie-Antoinette trahissaient se répandit ; il s'était déjà manifesté dans le véhément réquisitoire que Vergniaud prononça, le 3 juillet 1792, et dont l'impression et l'envoi à tous les départements avaient été décrétés.

Ce soupçon est ultérieurement devenu une certitude historique qui jette une lumière sinistre sur le danger que courent les peuples qui consentent à l'intrusion d'éléments étrangers, même féminins, dans le gouvernement de leurs intérêts politiques.

Enfin, l'exaspération et la révolte impétueuse furent déchaînées par la déclaration que fit, au nom de ses maîtres, le duc de Brunswick, commandant des armées coalisées d'Autriche et de Prusse, le 25 juillet 1792. Cet impudent message, imbu de sentiments de férocité qui cherchent encore à se satisfaire aujourd'hui, proclamait notamment :

Que les gardes nationaux seraient traités en ennemis et punis comme rebelles au roi et perturbateurs du repos public ;

Que les habitants des villes, bourgs et villages, qui oseraient se défendre, seraient punis sur le champ, suivant la rigueur du droit de la guerre et que leurs maisons seraient détruites ou brûlées ;

Que les membres de l'Assemblée nationale, du département, du district, de la municipalité et de la garde nationale de Paris, répondaient sur leur tête des événements, et qu'ils seraient jugés militairement et sans espoir de pardon ;

Enfin que, s'il était fait le moindre outrage au roi, à la reine et à la famille royale, on en tirerait une vengeance exemplaire, à jamais mémorable, en livrant la ville de Paris à une exécution militaire et à une subversion totale et les révoltés, coupables d'attentats, aux supplices qu'ils auront mérités.

Le peuple de Paris répondit à cette provocation sanguinaire, dès qu'il la connût, en se précipitant sur le château des Tuileries, qu'il considérait comme la Bastille de la contre révolution, et en renversant la monarchie.

Le nom du grand Danton est inséparable de cet acte décisif. Danton fut, en effet, l'organisateur de l'insurrection armée du 10 août 1792. C'est à cette occasion qu'il s'écria : « Le tocsin qui va sonner n'est pas un signal d'alarme. C'est la charge sur les ennemis de la Patrie. Pour les vaincre, que faut-il ? De l'audace, encore de l'audace et toujours de l'audace. »

Cette tactique était d'autant plus opportune que les armées des coalisés, grossies par la cohue des émigrés, franchissaient la frontière, convaincues, selon les termes fallacieux de la déclaration de Brunswick, « que le plus grand nombre des habitants attendait avec impatience le moment du secours pour se déclarer ouvertement contre les entreprises odieuses de leurs oppresseurs. »

A vrai dire, Lafayette désertait son commandement et son pays ; Longwy, Verdun, capitulaient ; des cortèges de jeunes filles allaient au-devant des envahisseurs pour leur offrir des fleurs et des fruits. Sans une énergie farouche, la France succombait.

Mais la Convention prenait le pouvoir. Les enrôlements volontaires redoublaient. 1.800 volontaires partaient de Paris, chaque jour. On volait à la frontière. Dumouriez arrêtait l'invasion dans les défilés de l'Argonne, et, quelques jours après (20 septembre 1792), il la refoulait à la bataille de Valmy.

Les volontaires patriotes, « ces vagabonds, tailleurs, savetiers », comme on les appelait dédaigneusement dans le camp Austro-Prussien, demeurèrent impassibles sous les boulets ; ils supportèrent, sans fléchir, le choc des vieilles troupes ennemies qui nourrissaient l'illusion de les voir décamper au premier assaut, et, finalement, ils les forcèrent à faire volte-face en se précipitant sur elles au cri nouveau de : « Vive la Nation ! »

L'armée d'invasion subit un désastre et cet événement produisit un effet politique et moral considérable.

Gœthe, témoin de la bataille, en comprit l'importance, le soir même.

« Le matin, dit-il, on n'avait songé qu'à embrocher et à manger en masse tous ces Français. Maintenant, on n'osait plus ni parler, ni se regarder, et si on s'adressait la parole, c'était pour maudire cette expédition. Moi-même, je commençais à me repentir de mon aveugle confiance dans les talents du duc de Brunswick, puisqu'elle m'avait poussé à vouloir être témoin oculaire de ses victoires. Il faisait déjà complètement nuit, lorsque je me trouvais enclavé dans un vaste cercle au milieu duquel on n'avait même pas osé allumer du feu. Le plus grand nombre des hommes, dont se composait ce cercle, gardaient un morne silence. Quelques-uns

exprimaient leur crainte sur les résultats de cette journée ; puis on finit par me demander ce que j'en pensais.

« — Je pense, dis-je, qu'à cette place et à partir de
ce jour commence une nouvelle époque pour l'histoire
du monde ; et nous pourrons dire : « J'étais là ! »

En effet, la République française, dont la bataille de
Valmy inaugurait l'avènement, imposa le respect de
son nom et de ses armes, avec une rapidité vertigi-
neuse, à la Belgique, à la Hollande, au Palatinat Rhé-
nan, à la Savoie, au comté de Nice, et, douée d'une
vigueur irrésistible, elle étendit les limites de la France
jusqu'aux antiques frontières naturelles de la Gaule

La plupart du temps, il est vrai, les troupes françaises étaient accueillies comme des libératrices, dans
les territoires et les villes où elles pénétraient.
Gœthe encore témoigne du fait.

« Les Français arrivaient, écrit-il ; mais ils sem-
blaient n'apporter que l'amitié. Et ils l'apportaient, en
effet, car ils avaient tous l'âme exaltée. Ils plantaient
avec allégresse les joyeux arbres de liberté, promettant
à chacun son droit, à chacun son gouvernement national. Les jeunes gens, les vieillards se félicitaient et les
danses commençaient autour des nouveaux étendards.
. . . .
Toutes les langues étaient déliées. Vieillards, hommes
faits, jeunes gens, exprimaient hautement des pensées
et des sentiments sublimes. »

Malheureusement, en 1793, le roi d'Espagne déclara
la guerre à la France, pour venger la mort de son cousin
Louis XVI ; l'Angleterre la lui déclara, parce que notre
présence à Anvers l'inquiétait et parce que la Révolution alarmait son aristocratie ; elle bloqua nos côtes et
toutes nos frontières furent menacées à la fois.

Dumouriez et Custine trahirent : ils évacuèrent les

territoires qu'ils venaient de conquérir. La Vendée s'insurgea. Les Girondins suscitèrent des émeutes. Lyon, Toulon se révoltèrent. La guerre civile éclata.

Partout, au Nord, à l'Est, sur les Alpes, sur les Pyrénées, l'ennemi reprit l'offensive.

Alors la Convention devint formidable.

Le comité de Salut public et le comité de Sûreté générale furent créés. La Terreur fut instituée. Le service obligatoire fut substitué aux enrôlements volontaires. Danton s'écria : « Soyons terribles. Faisons la guerre en lions. »

La Convention décréta que, « jusqu'au moment où les ennemis auront été chassés du territoire de la République, tous les Français sont en réquisition permanente pour le service des armées. »

Et Barrère ajouta :

« Les jeunes gens iront au combat ; les hommes mariés forgeront des armes et transporteront les bagages et l'artillerie, prépareront les subsistances ; les femmes feront des tentes, des habits et donneront des soins aux blessés ; les enfants mettront le vieux linge en charpie et les vieillards, reprenant la mission qu'ils avaient chez les anciens, se feront porter sur les places publiques ; ils enflammeront le courage des jeunes gens ; ils propageront la haine des rois et l unité de la République... La République n'est qu'une grande ville assiégée ; il faut que la France ne soit plus qu'un vaste camp. »

D'autres ordonnances prescrivirent la récolte du salpêtre, la fusion des cloches, la fabrication intensive des armes, la mobilisation des biens du clergé, sous la forme d'assignats, et pendant que Cambon organisait les finances, Carnot organisa la victoire.

D'abord, il fondit en masse homogène les anciens régiments, les volontaires, les réquisitionnaires ; il institua l'amalgame et composa quatorze armées avec les 1 200.000 hommes que la levée en masse lui procura.

Puis, il régénéra la guerre ; pour ces armées nouvelles, il conçut une tactique nouvelle, conforme au courage impétueux qui les animait : l'offensive ; le combat en ordre dispersé ; la charge à la baïonnette.

En outre, il leur donna des généraux à leur image, véritables généraux révolutionnaires qui, la veille, piétinaient dans des positions subalternes, mais dont les événements faisaient jaillir le génie.

Ainsi surgirent Jourdan, Hoche, Pichegru, Kellermann, Marceau, Kleber, Championnet, Moreau.

D'ailleurs, tous les généraux étaient surveillés par des Conventionnels, commissaires aux armées. « Le grade de général, disait Kléber, était un brevet d'échafaud. » « Tout général avait l'ennemi devant lui et la guillotine derrière. »

Aussi, ces généraux ne consentaient-ils jamais à s'avouer vaincus.

Leur élan, comme celui de leurs troupes, était indomptable ; ils se battaient comme des illuminés ; refoulés, ils revenaient à la charge, quatre fois, cinq fois, s'il était nécessaire, le même jour, ou à des jours successifs, jusqu'à ce qu'ils eussent culbuté l'ennemi.

Enfin, pour ravitailler toutes ces armées, on recourut au système des réquisitions dans les pays occupés, en interdisant le pillage, et l'on pût voir, sur les quais d'Amsterdam, les soldats français qui venaient de capturer la flotte hollandaise immobilisée dans les glaces, attendre patiemment, quoiqu'affamés, mal vêtus, mal chaussés, tremblant sous la bise, qu'on leur distribuât régulièrement des vivres, des effets et des billets de logement.

Les généraux devaient déclarer qu'ils faisaient la guerre aux tyrans, non aux peuples, et, suivant les instructions de Carnot, « les contributions devaient porter exclusivement sur les riches ; les peuples devaient voir en nous des libérateurs ».

Entraînée par une générosité chevaleresque, mais imprudente, la Convention décréta que la « Nation française accordera fraternité et secours à tous les peuples qui voudront la liberté. »

Grâce à cet ensemble de mesures d'une suprême énergie, à la fin de 1793, la frontière du Nord et celle de l'Est étaient dégagées, Spire et Worms étaient réoccupées, les Piémontais étaient repoussés sur les Alpes, les Espagnols contenus sur les Pyrénées, les royalistes révoltés de Lyon et de Toulon châtiés, les insurgés vendéens exterminés à Cholet et au Mans.

En 1794, les armées de la République poursuivaient leurs victoires ; elles reconquéraient la Belgique, occupaient la Hollande, contraignaient les Allemands à repasser le Rhin, s'avançaient, au delà des Alpes, jusqu'à Gênes, au delà des Pyrénées, jusque dans la province de Barcelone et en Catalogne.

Alors, la Toscane, la Prusse, la Hollande, l'Espagne, considérant la Convention comme un gouvernement régulier, traitaient avec elle et tout le pays, clos par l'Océan, le Rhin, les Alpes et les Pyrénées, était reconnu Français.

Mais l'Angleterre, qui ne pouvait supporter notre présence en Belgique, ni notre suprématie en Hollande, et l'Autriche, dépouillée de la Belgique, n'étaient pas désarmées par les traités de Bâle.

La guerre continua, brillante. Malheureusement, elle changea d'objet et de nature. La Convention fit place au Directoire.

On ne saurait éprouver trop de reconnaissance pour les intrépides soldats de la Convention.

Animés de la foi civique la plus pure, dégagés de toute croyance théologique, ils ont sauvé la France des plus graves périls ; ils ont créé la conception moderne de la patrie et du patriotisme ; ils ont garanti la liberté politique et l'indépendance de notre pays ; ils ont, un moment, étendu son territoire jusqu'à ses frontières naturelles ; ils ont permis à la Révolution de fructifier à l'intérieur et de rayonner en Europe.

C'est grâce à tous ces héros, maintenant inconnus pour la plupart, que la Révolution n'a pas avorté et que, selon la perspicace observation d'Auguste Comte, l'Humanité est entrée dans une ère nouvelle.

S'ils avaient vainement succombé, si le Comité de Salut public, qui gouvernait alors, avait été vaincu, « la France, dit l'écrivain royaliste de Bourgoing, tombait avec eux et le sort misérable de la Pologne ne nous apprend que trop celui qui nous était réservé. Les nations sans pitié nous fouleraient aux pieds, et, pour se dispenser de remords, elles nous reproche-raient comme aux Polonais, nos divisions, les crimes des uns, les appels des autres à l'étranger ; les pané gyristes du succès proclameraient que nous avons mérité notre sort. »

II

Plus de vingt ans après 1792, la France subit la dou-leur d'une nouvelle invasion, beaucoup plus grave, provoquée par l'insupportable despotisme que Napoléon Ier exerçait en Europe ; elle fut l'œuvre de la sixième coalition qui se forma contre lui, en 1812, à la suite de la désastreuse retraite de Moscou. Cette coalition était composée de l'Angleterre, de la Russie, de la Prusse, de la Suède et de l'Espagne, auxquelles toute l'Allemagne et l'Autriche ne tardèrent pas à se joindre.

Napoléon tenta d'opposer une première digue à ce flot énorme dans cette bataille de Leipzig, que les Allemands ont nommée « la bataille des nations ». Les armées nouvelles qu'il avait recrutées y déployèrent un tel héroïsme qu'elles justifièrent l'appréciation qu'il avait antérieurement formulée sur elles en disant : « Depuis vingt ans que je commande les armées françaises, je n'ai jamais vu plus de bravoure et de dévouement. Mes jeunes soldats ! L'honneur et le courage leur sortait par tous les pores. »

Après cette terrible bataille, toute la masse ennemie déferla sur la France et renversa ses frontières de Belgique, du Rhin, de la Moselle et de la Meuse, du Jura, des Alpes et des Pyrénées.

Napoléon, conscient de la gravité du péril, proclama la levée en masse et l'insurrection nationale. Mais il n'était plus que « l'empereur des soldats ». La France était épuisée, découragée, fatiguée « du despotisme et de la guerre », qu'elle avait eu le tort d'applaudir quand ils étaient, pour elle, une source de gloire et de butin.

Néanmoins, les alliés, rendus hésitants par le prestige dont la France, si longtemps invincible, jouissait encore, offrirent la paix : une première fois, à condition que la France rentrât dans ses limites naturelles ; une seconde fois, le 8 février 1814, après notre retraite sur Troyes, si nous nous résignions à nos frontières de 1789.

Napoléon refusa, « ne voulant pas laisser la France plus petite qu'il l'avait trouvée. »

« Si les alliés persistent à vouloir démembrer la France, dit-il, je ne vois que trois partis : vaincre, mourir ou abdiquer. »

Il s'efforça d'abord de vaincre.

Frappant les plus rudes coups sur l'envahisseur, il livra quatorze batailles et remporta douze victoires en un mois, dans ces marches de l'Est auxquelles la guerre actuelle vient encore de donner une illustration tragique, à Champaubert, à Montmirail, à Château-Thierry, à Châlons, à Craonne et à Reims.

Mais les villes et les généraux trahissaient ; les royalistes pactisaient avec l'envahisseur, et Paris, que seuls, 22.000 patriotes intrépides défendirent contre 200.000 Austro-Prussiens, capitulant, entraîna l'abdication de Napoléon.

L'homme néfaste reparût, cependant, une fois encore, sur le théâtre national et sur les champs de bataille, pendant les Cent Jours ; car son retour triomphal de l'île d'Elbe ramena les ennemis, résolus, disaient-ils, « à partager cette terre impie, à exterminer cette bande de brigands qu'on appelle l'armée française, à changer le peuple français en peuples de Bourgogne, de Neustrie, d'Aquitaine, appelés à se déchirer entre eux. »

Ces menaces révoltantes rétablirent l'union nationale ; elles suscitèrent un enthousiasme patriotique semblable à celui de 1792, réveillé, d'ailleurs, par les maladresses, les insolences et la politique haineuse de la première Restauration.

Les fédérations de volontaires se reconstituèrent et ces dispositions morales, accusées surtout dans les départements de l'Est et du Nord, permirent à Napoléon d'improviser des armées et de reprendre hardiment l'offensive contre les troupes alliées qui revenaient sur lui.

Cette offensive se traduisit par la bataille de Waterloo, « cette journée des géants », où 72.000 Français tinrent en échec 115.000 Anglo-Prussiens, où Napoléon fit des prodiges de génie et son armée des prodiges d'héroïsme, qui, malheureusement, ne conjurèrent pas une nouvelle invasion et une nouvelle mutilation de la France. Les traités consécutifs de 1815 la ramenèrent aux bornes du règne de Louis XIV, en la dépouillant de toutes les conquêtes de la Révolution.

III

La longue paix européenne, qui suivit la chute du premier Empire, fut accompagnée d'un tel dégoût de la guerre, que des philosophes, comme Auguste Comte, la considéraient déjà comme un état définitif ; elle durait depuis plus d'un demi-siècle, lorsque l'ambition de la Prusse la troubla et lorsque, moins pour réfréner l'appétit menaçant de ce pays que pour sauvegarder son pouvoir compromis et sa dynastie chancelante, Napoléon III lui déclara la funeste guerre de 1870.

Cette déclaration fut si téméraire, si imprévoyante, que nous fûmes aussitôt accablés par le nombre :

A Wissembourg, où nous luttâmes 5.000 contre 40,000 ; à Frœschwiller, où nous étions 46.000 contre 126.000.

La cavalerie française fut décimée dans la charge stérile de Morsbronn, où « semblable au bruit de la grêle, le son des balles résonnait sur les armures. »

A Forbach et Spickeren, nous étions 30.000 contre 70.000.

A Rezonville seulement, où la bataille se serait terminée par une victoire décisive, sans la déplorable impéritie de Bazaine qui donna l'ordre à son armée de se replier sous Metz, nous eûmes des forces supérieures aux forces allemandes ; mais à Saint-Privat, nous nous retrouvâmes 120.000 contre 180.000 et, à Sedan, 125.000 contre 200.000

Les désastres successifs et précipités des armées impériales laissèrent la France dans la plus grande détresse. Néanmoins, le gouvernement de la Défense nationale, informé que la Prusse ne consentait à la paix que moyennant la cession de l'Alsace et de la Lorraine et une indemnité de quatre milliards, ressaisit avec indignation l'épée brisée et continua la lutte.

Alors, le génie de la Défense nationale et celui de la Patrie française s'incarnèrent dans Gambetta, nouveau Danton, qui, avec une fièvre communicative et une énergie indomptable, organisa de nouvelles armées, stimula les industries nécessaires à la guerre, enflamma l'esprit public. En quelques mois, il mit sur pied 600.000 hommes, bien équipés, bien armés, pourvus de 1.400 canons et de 1.500.000 fusils, et les armées de la Loire, l'armée du Nord, l'armée des Vosges et l'armée de l'Est tinrent vaillamment l'ennemi en échec.

De l'aveu d'un général allemand, « aucune nation en Europe n'aurait été capable de faire ce que la France a fait. »

La capitulation de Paris ne découragea même pas Gambetta ; plutôt que de consentir à l'abandon de l'Alsace et de la Lorraine, il voulait, comme les Espagnols sous Napoléon Ier, transformer la guerre de masses en guerre de partisans, et se réfugier, au besoin, dans le réduit du massif central pour user l'ennemi, provoquer l'intervention des autres puissances et arracher des conditions meilleures.

Mais ni les collègues de Gambetta au gouvernement, ni l'assemblée de Bordeaux, ni l'opinion publique du temps, n'étaient capables de résolutions aussi sublimes.

Seuls, 107 députés sur 650 appuyèrent l'organisateur de la Défense nationale.

Il dut résigner le pouvoir et la France fut encore mutilée.

Toutefois, bien que les héros de 1870 et ceux de 1814-1815 n'aient pas, comme ceux de 1792-95, atteint le but qu'ils désiraient, nous leur devons, nous, d'être restés Français et d'être toujours un grand peuple libre, indépendant, dont le génie n'a cessé de briller sur le monde et dont le rôle civilisateur n'est ni moins réel, ni moins fécond, que celui de la Grèce antique.

D'ailleurs, tous ces morts, à qui la France doit son salut, dans le passé, revivent dans la génération contemporaine ; ils revivaient surtout dans tous ceux qui, depuis le début de la longue guerre qui se poursuit encore, ont succombé, les armes à la main, pour la défense de la même cause, contre le même ennemi séculaire.

IV

Pendant les quarante années qui suivirent la guerre de 1870, l'Europe ne connût qu'une paix précaire, que, malgré l'antagonisme des mots, on a légitimement appelée paix armée. Plusieurs fois, cette paix anormale fut même menacée par l'ambition tracassière de l'Allemagne et c'est cette nation qui, délibérément, l'a ruinée, dans l'espoir de conquérir une hégémonie passionnément convoitée.

Cette fois, en effet, la responsabilité de la rupture de la paix ne peut nullement nous être imputée et l'agression dont nous avons été l'objet, fut si soudaine, si injustifiée, si brutale, qu'aussitôt, spontanément, la France entière comprit que la défense nationale devenait, pour elle, une question de vie ou de mort.

De là, l'émouvant spectacle de la mobilisation et du départ instantané de tous ceux qu'elle arrachait brusquement à leurs affections et à leurs intérêts. Jeunes et vieux, intellectuels et ouvriers, prolétaires et bourgeois, citadins et paysans, socialistes et capitalistes, théologiens et athées, furent entraînés par le même courant civique, impétueux.

Il n'y eut pas de réfractaires, pas de récriminations, pas de discorde.

Conformément au conseil du gouvernement, cette transformation immédiate et totale des habitudes s'opéra sans réaction. « L'union se fit dans le calme, la vigilance et la dignité. »

L'afflux des volontaires vint même grossir la masse des assujettis et la confiance, l'enthousiasme, une sorte de joie discrète caractérisèrent les débuts de la guerre.

Il semblait qu'on fut délivré d'un long et douloureux cauchemar.

Les troupes, parées de fleurs, chargées de présents, comblées de manifestations sympathiques, partaient au milieu des chants patriotiques.

Pendant plusieurs semaines, méthodiquement, sans tumulte, des torrents d'hommes, venant de toutes les directions, s'écoulèrent vers la frontière et, jour et nuit, sans arrêt, se suivant à quelques minutes, souvent sur les deux voies parallèles de toutes les lignes de chemins de fer, les trains roulèrent vers l'Est ou le Nord.

La concentration des armées se fit sans encombre, et, remplie d'espoir dans une issue rapide, frémissante de patriotisme, la France attentive attendit les événements.

Ces événements furent, d'abord, l'entrée de nos troupes en Haute-Alsace, par Altkirch, Mulhouse et les cols des Vosges, faisant illusion à ceux qui ne savaient pas qu'aucune action décisive ne pouvait être engagée dans cette région et que ces manœuvres étaient destinées à produire un effet moral en Alsace, en France et chez l'ennemi.

Puis, ce furent les batailles de Morhange et de Charleroi, la retraite sur les Hauts-de-Meuse et le grand Couronné de Nancy, sur la Somme, sur l'Aisne, sur l'Oise, sur la Marne, la menace d'investissement de Paris, enfin la gigantesque bataille de la Marne où, pendant cinq jours entiers consécutifs, les armées anglo-françaises opposèrent une barrière infranchissable à l'avalanche allemande et, finalement, la culbutèrent.

Dans chacune de ces formidables luttes, nos troupes déployèrent un héroïsme exalté jusqu'à la témérité ; elles se sacrifièrent sans mesure.

A la fin, obéissant à l'ordre du jour du généralissime, « quand elles ne purent plus avancer, elles gardèrent, coûte que coûte, le terrain conquis et se firent tuer sur place plutôt que de reculer. »

C'est à juste raison que le général Joffre a pu dire, en transmettant la nouvelle de la victoire de la Marne : « Le gouvernement de la République peut être fier de l'armée qu'il a préparée. »

Evidemment, ces dispositions initiales des combattants ne se sont pas maintenues, elles ne pouvaient pas se maintenir, avec la prolongation démesurée de la guerre et la forme contradictoire qu'elle a prise ensuite.

L'ajournement de la décision, la rareté des chocs, l'espèce de service de place forte auquel les soldats sont astreints depuis quinze mois, ont, à la longue, tempéré l'ardeur des premiers temps ; une patience stoïque a pris sa place.

Mais l'énergie de l'armée française est simplement comprimée ; elle est toujours prête à faire explosion, comme l'attestent les diverses offensives prises dans les Vosges, en Lorraine, en Champagne et dans l'Artois.

L'impétueux élan de cette armée, son mépris de la mort, auquel l'ennemi ne cesse de rendre hommage, n'ont pas fléchi ; ils sont seulement subordonnés à une obstination réfléchie, à une ténacité coordonnée qui ne méritent pas moins l'admiration.

C'est que tous les héros de cette longue guerre sont parfaitement conscients du grand devoir civique qu'ils accomplissent. Ils comprennent qu'ils combattent non seulement pour le présent, pour leurs foyers et pour leur liberté, mais encore pour préserver la postérité du retour des maux de la barbarie dont ils souffrent ; — ils regardent, à juste titre, cette guerre comme faite non seulement à un gouvernement et à un peuple arriérés, mais à une conception et à des mœurs politiques régressives et dangereuses pour le genre humain tout entier.

Et c'est un sublime spectacle que celui de ces centaines de mille hommes de tout âge et de toute classe, qui, froidement, obstinément, nuit et jour, par tous les temps, malgré l'échec de leurs premières espérances, se relayent sans cesse dans les tranchées, pour veiller avec jalousie sur le domaine national, le fusil à l'épaule, le doigt sur la détente, prêts à abattre l'envahisseur, dès qu'il donne le moindre signe d'existence.

Car nous n'avons pas l'équivalent, pas même la monnaie de Danton, ni de Napoléon, — dont le génie militaire, tout au moins, est incontestable, — ni de Gambetta ; mais nous voyons quelque chose de plus grandiose peut-être. C'est l'inébranlable résolution du peuple entier d'en finir, à tout prix, avec l'odieux ennemi qui a déchaîné cette catastrophe.

Malheureusement, hélas ! parmi les vaillants qui s'opposent à ses desseins, beaucoup ne reverront jamais les lieux et les proches qu'ils ont quittés pour courir à la défense du drapeau ; beaucoup ne goûteront pas la consolation de la victoire.

Car, cette fois, les héros morts pour défendre la Patrie, sont innombrables, plus innombrables qu'ils furent jamais, et nous serons navrés lorsqu'on en publiera le compte.

En effet, pour que les larmes ne détrempent pas les cœurs dans le cours de la terrible tâche imposée, pour que l'esprit public ne se détourne pas du but, l'importance des sacrifices est provisoirement tue et le stoïcisme le plus austère est imposé à tous ceux, civils et militaires, qui sont engagés dans cette lutte épique.

Résignons-nous à cette discipline, puisque la Patrie l'exige, et préparons-nous moins à gémir sur la multitude de ceux qui sont morts pour elle, qu'à faire fructifier leur exemple et à mettre en valeur les services immenses qu'ils lui ont rendus.

Sans doute, ces morts sont encore trop voisins de nous, leur image est encore trop vivante dans nos âmes, pour que nous puissions songer à eux sans désolation.

Ils sont les pères, les fils, les frères, les parents, les amis de ceux qui survivent et la douleur de ceux-là est d'autant plus poignante que, la plupart du temps, ils ignorent où et comment ont péri les êtres chers qu'ils pleurent ; ils ne savent pas si, avant d'expirer, ils ont reçu les soins exigés par leurs blessures et leurs souffrances ; ils n'ont pas la consolation de leur avoir donné un ultime témoignage de tendresse, en les assistant dans leur agonie ; ils ignorent même où se trouve leur tombe et ils ne pourront entourer leurs restes de ce culte fétichique qui constitue la forme la plus intense de la vie subjective des morts.

La mélancolie tempère donc inévitablement l'admiration que leur héroïsme inspire.

Mais quand le temps aura séché les larmes, quand la victoire aura couronné la lutte acharnée qui se déroule, quand, de nouveau, les nations désangoissées respireront librement, lorsqu'enfin la reconnaissance publique pourra se manifester sans réserve, on ne trouvera pas de paroles assez majestueuses pour caractériser la gloire et chanter le mérite de tous ceux qui, par le sacrifice de leur vie, auront contribué à sauver la Patrie française et la civilisation générale du plus grand des dangers qu'elles aient courus depuis l'invasion des Barbares.

En attendant, ceux qui vivent à l'arrière des armées, dans une quiétude au moins matérielle, ne doivent jamais se laisser distraire de cette pensée dominatrice que, tous les jours, à toute heure du jour et de la nuit, à quelques kilomètres de Paris, un grand nombre d'hommes succombent pour leur épargner les horreurs de la guerre.

Et ces hommes ne sont pas seulement des compatriotes. Ce sont nos alliés et amis Belges et Anglais qui concourent directement à la défense de notre territoire.

Nos alliés et amis Russes, Italiens, Serbes, y contribuent de même, indirectement, en rétenant, sur leurs fronts respectifs, une partie de l'ennemi commun et en soulageant d'autant notre effort.

De sorte que la justice, autant que la sympathie, nous commande de confondre aujourd'hui, dans notre témoignage de piété reconnaissante, tous ceux qui luttent et tombent pour la même cause que les nôtres.

Toutefois, dans la foule de ces héros anonymes, il en est qui nous sont plus particulièrement chers et envers qui, sans offenser aucune autre douleur, nous désirons faire plus directement acte de respect : ce sont les positivistes ou les fils de positivistes que cette guerre a fauchés, et au nom de qui, si nous faisions l'appel de nos membres, on pourrait répondre, comme jadis pour Latour d'Auvergne : Mort au champ d'honneur !

En terminant, j'évoquerai donc les noms glorieux : du commandant Dutrut, du commandant Parcot, du commandant Simon, du capitaine Henri Bodin, gendre de M. Gouge, du lieutenant Pierre Ajam, des sous-lieutenants Léon Auzende, Henri Dussauze et Paul Robert de Massy, ét de MM. Henry Bricka, Georges Cahen, René Harrisson, Raymond Keufer, Léon Né et Louis Raflin.

Tous ces confrères ou fils de confrères étaient dans la fleur de la jeunesse ou dans la maturité féconde de la vie ; ils sont morts avant que toutes les espérances qui reposaient sur eux se soient réalisées.

Leur disparition a mis la Société positiviste en deuil, autant que leurs familles.

Mais tous ont consciencieusement, bravement, héroïquement, rempli le plus grand des devoirs civiques, celui qui consiste à sacrifier sa vie pour la Patrie, pour l'Humanité.

Je salue respectueusement leur mémoire, avec la certitude qu'elle sera toujours pieusement honorée parmi nous et que leur noble dévouement inspirera les générations positivistes qui nous succèderont ; car nos morts, comme tous les champions actuels de la civilisation, comme leurs immortels aïeux des grandes épopées antérieures, resteront éternellement debout pour guider les vivants dans le chemin du devoir national.

Prière avant la Bataille

par le Sous-Lieutenant Henri DUSSAUZE, mort au Champ d'honneur

France, de vous je tiens ma vie ;
Il vous la faut ; reprenez-la.
J'ai tout quitté pour venir là
Où votre gloire me convie.

Sur ma table mon livre dort,
Ouvert où se tut ma pensée ;
Bien des pages restaient encor
Après la page délaissée.

Ma fille, au son d'un clair refrain,
Arrangeait des fleurs dans un vase ;
Mon fils, lutin qui rit et jase,
Jouait par terre avec son train.

Les yeux sombres de mon aimée
Scintillaient d'effroi, de fierté,
Et de tendresse inexprimée...
France, pour vous j'ai tout quitté.

Pour moi la mort est sans promesse,
Mon paradis c'est le passé,
Dans mon cœur avare amassé,
C'est tout le bonheur que je laisse.

Matins joyeux, soirs embaumés,
Jardin en fleur, maison chérie,
Tous mes amis, tous mes aimés,
Mon paradis, c'est ma patrie.

France, si je vous donne tout,
Exaucerez-vous ma prière ?
Votre grande œuvre de lumière,
L accomplirez-vous jusqu'au bout ?

En vous j'ai mis mon espérance
De justice et de vérité :
Je vais mourir pour vous, ô France,
Vous vivrez pour l'Humanité.

TABLE DES MATIÈRES

Riom (Puy-de-Dôme). — Imprimerie F. FONFRAID.

OUVRAGES POSITIVISTES

du même Auteur

En vente au siège de la Société Positiviste
Rue de Seine, 54, Paris